Charles Dickens

PARA TODOS

Hard Times. Baseado na história original de Charles Dickens, adaptada por Philip Gooden. Sweet Cherry Publishing, Reino Unido, 2022.

Dados Internacionais de Catalogação na Publicação (CIP)
Angélica Ilacqua CRB-8/7057

Gooden, Philip
Tempos difíceis / baseado na história original de Charles Dickens, adaptação de Philip Gooden ; tradução de Talita Wakasugui ; ilustrações de Maria Lia Malandrino. -- Barueri, SP : Amora, 2022.
96 p. : il.

ISBN 978-65-5530-427-5
Título original: Hard times

1. Literatura infantojuvenil inglesa I. Título II. Dickens, Charles, 1812-1870 III. Wakasugui, Talita III. Malandrino, Maria Lia

22-4825 CDD 028.5

Índices para catálogo sistemático:
1. Literatura infantojuvenil inglesa

1ª edição

Amora, um selo editorial da Girassol Brasil Edições Eireli
Av. Copacabana, 325, Sala 1301
Alphaville – Barueri – SP – 06472-001
leitor@girassolbrasil.com.br
www.girassolbrasil.com.br

Direção editorial: Karine Gonçalves Pansa
Coordenação editorial: Carolina Cespedes
Tradução: Talita Wakasugui
Edição: Mônica Fleisher Alves
Assistente editorial: Laura Camanho
Design da capa: Pipi Sposito e Margot Reverdiau
Ilustrações: Maria Lia Malandrino
Diagramação: Deborah Takaishi
Montagem de capa: Patricia Girotto
Audiolivro: Fundação Dorina Nowill para Cegos

Impresso no Brasil

GRANDES CLÁSSICOS

TEMPOS DIFÍCEIS

Charles Dickens

amora

O Velho e Rabugento Gradgrind

Há muito tempo, no centro da Inglaterra, havia uma cidade monótona e empoeirada chamada Coketown. Ela era repleta de fábricas enormes e imponentes, de tijolos

vermelhos, com centenas de janelas que vigiavam a cidade como olhos de gigantes.

As ruas onde os habitantes da cidade viviam eram todas muito parecidas. Assim como a vida das pessoas. Todos os dias eles acordavam no mesmo horário, tomavam o mesmo mísero café da manhã e iam trabalhar nas mesmas fábricas cheias de fuligem.

Como dá para imaginar, a vida em Coketown, além de monótona, era muito chata. A única questão era que, em Coketown, não era possível *imaginar* nada. Não havia espaço para a imaginação. As únicas coisas que importavam na cidade eram números frios e fatos concretos. Fatos, números e dinheiro, é claro. O dinheiro importava.

O sr. Thomas Gradgrind cuidava de uma escola perto de Coketown. Ele também só se interessava por fatos, números e dinheiro.

Tudo no sr. Gradgrind era reto ou quadrado. Ele tinha uma testa sólida e quadrada e sobrancelhas retas e escuras que lançavam uma sombra permanente sobre seus olhos.

Nesse momento, o dedo de ponta quadrada do sr. Gradgrind apontava para uma jovem garota.

— Quem é essa menina? — ele retrucou, com a boca se torcendo em uma carranca.

— Sou Sissy Jupe, senhor — a garota respondeu.

— Sissy não é nome — disse Gradgrind. — Não use apelidos. Diga, “Meu nome é Cecília”.

— É meu pai que me chama de Sissy, senhor — explicou ela com a voz trêmula.

— Então ele precisa parar de fazer isso — disse Gradgrind. — Diga a ele para não a chamar de Sissy novamente. O que seu pai faz?

— Ele... ele trabalha em um circo, senhor.

A julgar pela expressão no rosto do sr. Gradgrind, ficou claro que ele não aprovava o circo.

— Meu pai trabalha com cavalos.

— É mesmo? Diga-me, *Cecília*, qual é a sua definição de cavalo? — perguntou o sr. Gradgrind.

Sissy Jupe parecia confusa. Um cavalo é um cavalo — de que outra forma era possível defini-lo? Sissy

não disse nada. Seu rosto ficou todo bem vermelho.

— A garota não consegue definir um cavalo! — disse o sr. Gradgrind. — *Quem* pode me dizer o que é um cavalo? Que tal você, Bitzer?

O menino chamado Bitzer tinha cabelos muito claros e sardas.

— Um quadrúpede — respondeu ele. O que significa que um cavalo tem quatro patas.

— Graminívoro — acrescentou ele. Para explicar que um cavalo come grama.

— Um cavalo tem quarenta dentes e cascos duros. Apesar de duros, os cascos do cavalo também têm ferraduras de ferro.

Bitzer explicou muito mais. Em cada ponto, o sr. Gradgrind acenava com a cabeça, em aprovação.

— Muito bem — disse ele, sorrindo e cruzando os braços. — Isso é um cavalo. Agora, permitam-me perguntar: Vocês decorariam seus quartos com imagens de cavalos? Que tal um papel de parede estampado com cavalos?

Metade da classe gritou: — Sim, senhor!

Vendo que essa era a resposta errada, a outra metade gritou: — Não, senhor!

— Claro que não. E por que não?

Silêncio. Ninguém sabia a resposta.

— Vou explicar então — disse o sr. Gradgrind. — Por acaso já viram cavalos subindo e descendo paredes na vida real? Já?

— Não, senhor! — respondeu a classe.

— Claro que não — retrucou Gradgrind. — Cavalos não sobem paredes. Então, por que cobririam suas paredes com imagens de cavalos? É ridículo! Não devemos ver coisas que não são reais. Esqueçam bobagens como a imaginação. Esqueçam os mitos, esqueçam a magia, esqueçam os contos de fadas. Os fatos são tudo!

O sr. Gradgrind saiu da escola sentindo-se bastante satisfeito consigo mesmo. Ele podia até dar pulinhos de alegria se aprovasse tal comportamento, o que, obviamente, ele considerava errado. Então ele caminhou em seu ritmo habitual, com a expressão séria de sempre.

O bom humor do sr. Gradgrind durou até chegar à divisa de Coketown. Lá, parou e olhou ao redor. Ele tinha certeza de que ouvia o tilintar de uma música alegre flutuando no vento. E ele tinha

certeza de que viu vários trailers coloridos de madeira espalhados. E, céus! Havia uma grande tenda listrada com aspecto desagradável. A bandeira tremulando acima dizia: *CIRCO SLEARY.*

A boca reta do sr. Gradgrind se transformou mais uma vez em uma carranca. Os circos eram coloridos e divertidos – exatamente o oposto de Coketown. Que tipo de exemplo esse show bobo daria a seus alunos? No momento em que vissem um cavalo galopando, um palhaço malabarista ou um equilibrista de *collant*, esqueceriam a importância dos fatos e números. Eles iam querer se divertir.

As crianças já estavam espiando por uma fenda nas cortinas da tenda, revezando-se para admirar os artistas lá dentro.

Estes não poderiam ser alunos da *sua* escola.

O sr. Gradgrind tirou os óculos do bolso e os colocou na ponta do nariz. O que viu não o agradou. Entre as crianças curiosas estavam sua filha,

Louisa, e seu filho, Tom. Louisa tinha dezesseis anos e Tom era um ano mais novo.

O sr. Gradgrind agarrou e levou os dois para longe dali.

— O que faziam naquele lugar? — ele perguntou.

— Eu queria ver como era — respondeu Louisa. — O circo logo vai embora e eu *precisava* ver.

— O que seus amigos diriam, Louisa? — seu pai resmungou. — O que o sr. Bounderby diria?

Assim que seu pai falou o nome do sr. Bounderby, o rosto de Louisa se transformou. Seus olhos se estreitaram, as sobrancelhas se enrugaram, seu rosto se fechou tanto que seria impossível para ela responder à pergunta do pai.

Conheça o Sr. Bounderby

O sr. Bounderby era um homem grande e muito rico também. Ele tinha três fábricas e um banco, chamado Banco Bounderby.

Talvez por causa de sua riqueza, ou talvez fosse simplesmente sua personalidade, o sr. Josiah Bounderby se achava o homem mais importante do mundo.

De pé no melhor cômodo de Stone Lodge (ou Casa de Pedra, como a casa dos Gradgrinds era chamada), ao lado da sra. Gradgrind (uma mulher baixinha e magra, que estava quase sempre doente), o sr. Bounderby parecia um gigante.

Ele se gabava em voz alta para a sra. Gradgrind sobre algo bastante incomum. Não sobre quão rico e poderoso ele era agora, mas sobre quão pobre e carente ele tinha sido quando criança.

— Eu não tinha sapatos para colocar nos meus pés — disse Bounderby. — Passei o dia do meu décimo aniversário em uma vala e a noite em um chiqueiro. Não que uma vala fosse novidade para mim, pois nasci em uma vala.

A sra. Gradgrind ficou em choque. Ela disse com uma voz fraca:

— Espero que tenha sido uma vala seca pelo menos.

— Não! — exclamou o sr. Bounderby. — Havia uma poça de água dentro.

— Mas... e sua mãe? — perguntou a sra. Gradgrind.

— Minha mãe me largou com a minha avó — respondeu Bounderby. — Minha avó foi a velha mais perversa que já existiu. Se por acaso eu conseguisse um par de sapatos, ela o tiraria de mim, venderia e ficaria com o dinheiro!

Ele continuou se gabando de como, após uma infância terrível, tinha subido na vida. Agora olhe para ele. O dono de três fábricas e um banco.

Nesse momento, o sr. Gradgrind chegou em casa com Tom e Louisa. Se o sr. Gradgrind tinha um amigo no mundo, esse amigo era o sr. Bounderby. E, se o sr. Bounderby tinha um amigo no mundo, esse amigo era o sr. Gradgrind. Mas nenhum dos dois acreditava em amizades. Não era um fato. Não era um número. Não podia ser medida. Então, para eles, não existia.

Os dois homens falaram sobre o *fato* de uma aluna da escola, Sissy Jupe, ser filha de um artista de circo.

O sr. Bounderby aconselhou que ela deveria ser expulsa da escola. Disse que ele e o sr. Gradgrind deveriam ir imediatamente ver o pai dela e lhe dizer que Sissy não era mais bem-vinda na escola devido à sua ligação com o circo.

Ao saírem de Stone Lodge, o sr. Bounderby despediu-se de Louisa:

— Até mais, querida Louisa!

— Até, sr. Bounderby — Louisa respondeu friamente. Louisa sabia que ela era a favorita do sr. Bounderby. A menina odiava esse fato e, no fundo, também odiava o sr. Bounderby.

Quando o sr. Bounderby e o sr. Gradgrind chegaram ao circo, encontraram as tendas dobradas e

as placas retiradas. O circo estava partindo de Coketown. Isso era bom.

O que não era bom, porém, era que o pai de Sissy Jupe já tinha ido embora. Ele havia abandonado Sissy e o circo, e ninguém sabia por quê. Sissy estava assustada, triste e completamente sozinha.

O sr. Gradgrind foi até onde a menina estava sentada, com lágrimas escorrendo pelas bochechas coradas.

— Vou fazer uma oferta — disse o sr. Gradgrind, de repente. — Você pode ir embora hoje com o circo, ou pode vir morar em Stone Lodge com minha família. Minha esposa está muito doente e precisa de alguém para cuidar dela. Você pode fazer isso e continuar a frequentar a escola.

Sissy ficou em choque. O sr. Gradgrind nunca tinha demonstrado tamanha bondade com ninguém. Sem muito tempo para pensar, Sissy concordou.

Ela fez uma mala muito pequena e partiu, dando adeus à sua família circense.

O Começo de Sissy e Louisa

Louisa Gradgrind era muito próxima de seu irmão, Tom. Ambos cresceram dentro das paredes cruas e tediosas de Stone Lodge, ambos desejando música, poesia e pinturas – coisas que não eram permitidas.

Certa vez, quando criança, Louisa virou-se para o irmão e disse: — Tom, eu me pergunto...

Mas, antes que pudesse terminar a frase, o sr. Gradgrind gritou:

— Louisa, nunca faça perguntas a si mesma! Perguntar-se leva à

imaginação e a imaginação não serve para nada.

Daquele momento em diante, Louisa nunca mais fez perguntas a si mesma. Ela nunca sonhou ou imaginou. Portanto, até achou difícil ter sentimentos. Ela nunca estava feliz ou triste, estava apenas *lá*.

Nesse meio-tempo, Tom se tornou um jovem mal-humorado e zangado.

Um dia, Tom disse a Louisa:

— Queria poder reunir todos os fatos e números dos quais ouvimos tanto e todas as pessoas que falam deles. E então eu colocaria mil barris de pólvora embaixo deles e mandaria tudo para os ares!

Ele podia não gostar de fatos e números, mas o irmão de Louisa logo começaria a trabalhar no banco do sr. Bounderby. Fatos e números eram coisas com as quais ele teria que se acostumar.

Sissy Jupe não foi criada da mesma forma que as crianças Gradgrind. No início, ela não gostava de morar com eles. Ficava acordada à noite, com as lágrimas embaçando seus olhos enquanto pensava várias vezes em fugir. Sissy queria deixar a aquela tão triste e chata cidade e voltar para o circo e para seu pai.

Mas na verdade ela não podia, porque seu pai não estava mais no circo. Sissy poderia partir para outro lugar, qualquer lugar... mas e se, um dia, ele voltasse para buscá-la e ela não estivesse mais em Coketown? Não, ela não podia arriscar. Tinha que ficar.

Com o tempo, no entanto, Sissy se adaptou em Stone Lodge. Ela começou a se espelhar em Louisa. Achava Louisa muito inteligente. Muito mais do que as pessoas acreditavam.

As duas meninas eram muito diferentes uma da outra. Sissy era bondosa e divertida, e tentava ser sempre positiva, enquanto Louisa era distante e fria. Ela focava apenas em fatos e nunca via motivos para ser positiva. Mas, apesar de serem diferentes, Sissy e Louisa ficaram muito próximas. Depois de um tempo, parecia que elas eram mais irmãs do que amigas.

Sissy contava a Louisa histórias do seu pai. Dizia que ele era o palhaço mais engraçado do circo. Que ele, em cima de um cavalo, costumava fazer truques que desafiavam a gravidade, e criava coreografias hilárias com seu cão performático, Merrylegs (ou Zé Perneta).

Mas, a cada ano que passava, ele ficava mais velho e fraco. Seus truques não funcionavam tão bem quanto antes, e ele se machucava com frequência.

Um dia, enquanto o circo se preparava para deixar a cidade, o pai de Sissy a mandou comprar um bálsamo, um tipo de remédio, para suas dores. Quando ela voltou, o pai havia partido e levado Merrylegs com ele. Foi nesse dia que o sr. Gradgrind convidou Sissy para morar em Stone Lodge.

E, embora estivesse feliz agora, ela ainda guardava o frasco do bálsamo. A menina pensou que seu pai poderia precisar um dia, quando ele voltasse.

A Velha Misteriosa

Em uma tarde fria de outono, Tom Gradgrind foi visitar o sr. Bounderby. Sentaram-se na escura e cinzenta sala de estar do sr. Bounderby, beberam chá fraco e conversaram sem parar sobre o trabalho chato que Tom ia fazer no Banco Bounderby.

Tom não gostava de seu novo emprego. Mas ele descobriu que só precisava dizer "a Louisa gostaria disso" ou "a Louisa não gostaria disso" para que o sr. Bounderby mudasse de ideia sobre as tarefas que Tom teria que fazer. Louisa era sua *favorita*, então o que quer que Louisa quisesse, aconteceria.

Quando estava descendo os degraus de pedra da porta da frente do sr. Bounderby, Tom sentiu algo tocar seu braço. Era a mão de uma velha.

Ela era alta e vestia roupas simples. Seus sapatos estavam enlameados e esfarrapados, como se ela tivesse andado muito. A velha carregava um guarda-chuva grande e uma cestinha.

— Meu jovem, por favor — disse ela. — Viu o cavalheiro que mora ali?

Ela apontou o guarda-chuva para a porta da frente do sr. Bounderby. Tom assentiu.

— E como ele estava, senhor? — perguntou a velha. — Estava bem e alegre?

Tom pensou no homem que acabara de ver. O sr. Bounderby alguma vez pareceu bem ou alegre? Na verdade, não. Mas a mulher parecia preocupada, então Tom respondeu:

— Sim, ele está bem e alegre.

— Ah, obrigada, rapaz, obrigada! Andei quilômetros hoje para descobrir isso. Estou muito feliz por finalmente ouvir a resposta.

Tom foi embora, e deixou a velha olhando maravilhada para a grande casa quadrada. Ele estava curioso sobre o comportamento estranho da mulher. Por que ela andaria quilômetros apenas para perguntar se um velho e rabugento dono de fábrica estava bem?

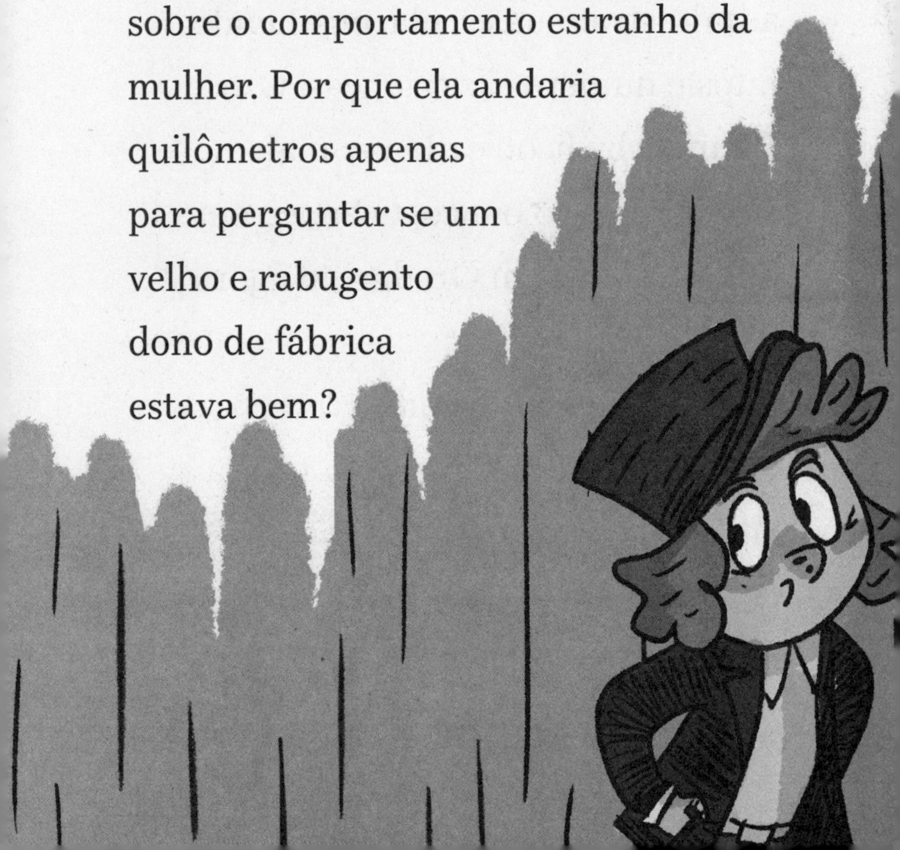

Um Casamento Não Tão Maravilhoso

Alguns anos se passaram sem nenhum sinal da velha estranha.

O sr. Gradgrind continuou a administrar sua escola, ensinando fatos e números às crianças. O sr. Bounderby ficou cada vez mais rico, graças ao banco. O banco em que o pobre Tom Gradgrind agora trabalhava.

E Louisa Gradgrind?

A vida de Louisa mudou no dia em que seu pai a chamou em seu escritório.

— Louisa — disse ele, em tom sério. — Acabei de ter uma conversa muito importante com um homem também muito importante. Um homem que gostaria de se casar com você.

O rosto de Louisa se entristeceu. Sua respiração ficou presa na garganta. Ela tinha uma sensação horrível de que sabia de qual homem o pai estava falando.

O sr. Gradgrind continuou:

— O sr. Bounderby me pediu sua mão em casamento.

— Pai — disse Louisa —, acha que eu amo o sr. Bounderby?

O sr. Gradgrind parecia ter mordido um limão.

— Vamos nos ater aos fatos, Louisa — afirmou ele. — O sr. Bounderby quer se casar com você? Sim, quer. Isso é um fato. A única pergunta que

precisa responder é: você deve se casar com ele?

— E devo me casar com ele? — perguntou Louisa, olhando para o pai.

— Eu... eu não posso responder isso. A decisão é sua.

— O sr. Bounderby é muito mais velho do que eu.

— Sim, é.

Louisa se levantou e foi até a janela. Ela olhou para as chaminés fumegantes de Coketown.

— Aceito o pedido do sr. Bounderby — disse ela, finalmente.

— Uma decisão sábia, minha querida — falou o pai. Ele parecia aliviado.

Quando Louisa fechou a porta do escritório do pai, sentiu um fardo pesado cair em suas costas. Ela ficou até enjoada. Lágrimas quentes e salgadas rolaram de seus olhos.

— O sr. Bounderby é muito rico — ela sussurrou para si mesma. — Ele tem fábricas e um banco. Casar-se com ele é uma decisão sábia. Estou fazendo a coisa certa.

Mas os fatos não a fizeram se sentir melhor.

❧

Louisa Gradgrind e o sr. Bounderby se casaram dois meses depois, em uma igreja cinzenta em Coketown.

Tom estava satisfeito porque sua irmã estava se casando com o sr. Bounderby. Tom era ganancioso. Ele pensou que poderia usar o casamento de sua irmã para ganhar um dinheiro extra do sr. Bounderby

Na verdade, a única pessoa que estava triste com a partida de Louisa de Stone Lodge era Sissy Jupe. Ela sabia que Louisa não amava o sr. Bounderby. Mas Sissy não disse nada.

Um Roubo Muito Pequeno

No momento em que Louisa voltou de sua lua de mel terrivelmente triste com o sr. Bounderby, ouviu uma batida na porta.

— Louisa! — gritou Tom ao entrar na grande e quadrada sala da casa do sr. Bounderby. — Espero que tenha feito uma viagem maravilhosa. Será que você tem um tempinho para seu querido irmão?

Tom sorriu maliciosamente para o rosto confuso da irmã.

— Veja, estou em apuros e preciso muito da sua ajuda. Perdi um pouco de dinheiro com jogos. Bem, muito dinheiro, na verdade. Eu esperava que você pudesse me emprestar algumas libras para pagar minhas dívidas.

Louisa deu ao irmão todo o dinheiro que pôde. Ela amava o irmão. Era um dos poucos sentimentos que sabia ser uma emoção verdadeira. E Tom, à sua maneira egoísta, também amava a irmã.

Mas o dinheiro de Louisa logo acabou, e as pessoas a quem Tom devia estavam ficando menos pacientes e mais zangadas a cada dia que passava. As preocupações financeiras de Tom estavam deixando o rapaz doente. Logo ele ficou pálido e magro, e parecia muito mais velho do que era.

Um pouco mais de tempo passou e a vida seguiu em frente. Até que, em uma tarde quente de verão, quando as fábricas fecharam e a cidade jazia em um silêncio sonolento, algo chocante aconteceu.

— Alguém invadiu o banco! — O grito subiu pelas ruas até chegar aos ouvidos do sr. Bounderby.

Cento e cinquenta libras foram roubadas. Alguém havia feito uma cópia da chave do cofre. Então, no meio da noite, invadiram o banco, andaram na ponta dos pés pelos corredores frios de pedra, abriram o cofre com a cópia da chave e roubaram o dinheiro.

O sr. Bounderby estava furioso. Ele correu até o banco assim que soube da notícia. Quando voltou para casa e descobriu que a esposa o havia deixado, ficou ainda mais

furioso. Louisa aproveitou a situação e decidiu voltar para Stone Lodge e para sua família.

E explicou ao pai que ela e o marido não tinham nada em comum. Ele era velho e ela, jovem. Ele só se interessava em ganhar dinheiro, ela não. E eles não se amavam. Esses eram os fatos.

— Queria que fosse diferente — disse Louisa, finalmente —, mas não é, então... então...

Porém, Louisa não conseguiu terminar o que estava dizendo e caiu no chão em lágrimas.

Pela segunda vez na vida, o sr. Gradgrind foi tocado não por fatos, mas por sentimentos.

Ele gentilmente levantou Louisa de onde ela estava e envolveu os braços ao redor da jovem até que, finalmente, a filha parou de chorar. Então, o sr. Gradgrind mandou chamar Sissy Jupe, que ainda morava em Stone Lodge. Ele pediu a Sissy que cuidasse de sua filha.

Sissy ficou feliz em ajudar. Ela sentia falta de Louisa. As duas mulheres conversaram e caminharam juntas e logo se sentiram quase irmãs novamente. O coração de Louisa, uma vez endurecido com fatos e números, estava começando a amolecer.

O sr. Gradgrind também estava mudando. Ele acabou resolvendo ir com sua esposa ver o sr. Bounderby. Estava planejando dizer ao amigo que Louisa não voltaria. Ela ficaria com a família em Stone Lodge.

A Verdade sobre o Sr. Bounderby

Enquanto Louisa se adaptava novamente a Stone Lodge, a investigação sobre o roubo no Banco Bounderby continuou.

Uma velha estranha foi vista do lado de fora das propriedades do sr. Bounderby. Fora de sua casa, de suas fábricas, de seu banco. Ela carregava um guarda-chuva grande e uma cestinha. Era a mesma mulher misteriosa que falara com Tom

Gradgrind naquela tarde de outono
há um certo tempo atrás.

Achando que ela deveria ser a ladra, a polícia a prendeu e a levou para a casa do sr. Bounderby.

A misteriosa senhora não era a única convidada na casa do sr. Bounderby naquela tarde. A batida pesada na porta da frente soou assim que o sr. e a sra. Gradgrind e Tom se sentaram na sala de estar do sr. Bounderby.

Um empregado conduziu o policial e a velha assustada à sala de estar sem cor.

— Sr. Bounderby — disse o policial. — Aqui está a pessoa que está procurando. Esta senhora roubou seu banco.

O rosto do sr. Bounderby empalideceu com o choque. Seus olhos se arregalaram e suas sobrancelhas se ergueram tanto na testa que parecia que nunca mais voltariam para baixo.

— Não foi fácil encontrar essa criminosa, sr. Bounderby — disse o policial. — Mas é sempre um prazer ajudá-lo.

— P-p-por que a trouxe aqui? — o sr. Bounderby gaguejou.

— Meu querido Josiah! — exclamou a velha. — Meu querido menino!

O policial e os Gradgrinds não paravam de olhar para a velha para o sr. Bounderby, surpresos. O que estava acontecendo?

— Fiz o que você disse, Josiah — disse a mulher. — Nunca contei a ninguém que eu era sua mãe. Só vinha a Coketown de vez em quando para dar uma olhadinha em você, sua bela casa, sua fábrica e seu banco. Era uma olhadinha de mãe orgulhosa!

Então, o sr. Gradgrind deu um passo à frente.

— Como se atreve — disse ele para a mulher. — Se a senhora é a mãe do sr. Bounderby, então é a mulher que o abandonou quando ele era bebê. A senhora o deixou com a avó malvada. O sr. Bounderby passou seu décimo aniversário em uma vala!

— Eu abandonei meu querido Josiah? Nunca! Seu pai morreu quando Josiah tinha oito anos, mas eu economizei o máximo que pude para garantir que Josiah nunca ficasse sem nada. Ele teve o melhor que eu podia dar. Eu nunca o teria abandonado.

O rosto do sr. Bounderby mudou de branco para vermelho. A verdade finalmente veio à tona. Ele não havia nascido em uma vala ou sido abandonado pela mãe. Ele era um mentiroso!

A notícia chocante logo se espalhou por Coketown.

O rosto do sr. Bounderby, antes cheio de orgulho, agora estava murcho como uma bexiga estourada.

De Volta ao Circo Sleary

A polícia ficou perplexa. Se a velha estranha não roubou o banco do sr. Bounderby, então quem roubou?

Se ao menos as pessoas na sala de estar do sr. Bounderby naquela tarde tivessem olhado para o outro lado da sala, num cantinho, elas saberiam.

Poderiam ter notado como Tom Gradgrind parecia desconfortável, principalmente quando o policial mencionou o roubo ao banco. Pois a verdade era que foi o próprio Tom quem roubou o banco de seu patrão. Ele precisava do dinheiro para pagar suas dívidas de jogo.

Cada vez que alguém mencionava o crime, as bochechas de Tom coravam e seu coração começava a bater mais rápido. Ele estava convencido de que seria descoberto. Precisava contar a alguém, mas não podia recorrer a Louisa. Ele não suportaria ver o olhar de vergonha no rosto de sua irmã. Em vez disso, Tom foi até Sissy Jupe.

— Para onde posso ir? — perguntou ele. — Tenho certeza de que a polícia vai descobrir que sou culpado se eu ficar aqui. Mas tenho pouquíssimo dinheiro e nenhum amigo que possa me esconder!

Sissy pensou por um momento.

— O velho circo do meu pai — disse ela. — O Circo Sleary. Eles viajam para Liverpool nesta época do ano. Vá a Liverpool e diga ao circo que eu o mandei. Eles vão ajudar.

Tom fez o que Sissy lhe disse.

Quando Louisa descobriu o crime de Tom, ficou horrorizada. O sr. Gradgrind ficou chocado e zangado com Tom, e com Sissy por manter isso em segredo. Mas ele havia mudado. A pena e o amor que sentia por ambos eram mais fortes que sua raiva.

O sr. Gradgrind e Louisa pediram a Sissy que os levasse a Liverpool, ao Circo Sleary.

O circo era exatamente como Sissy se lembrava: cheio de cor, luz, movimento e risadas. Tinha tudo que Coketown não tinha.

Dentro da tenda listrada e iluminada, eles encontraram Tom. Ele estava trabalhando como palhaço – fazendo as pessoas sorrirem e rirem, e brincando com os outros artistas; coisas que ele nunca tinha sido capaz de fazer antes.

O coração do sr. Gradgrind se entristeceu um pouco quando viu o rosto sorridente do filho. Ele se sentia culpado por tornar a vida de seus filhos tão chata e monótona. E, apesar de ver que Tom estava gostando do circo, ele sabia o que tinha que ser feito.

O sr. Gradgrind providenciou para levarem Tom escondido a bordo de um navio que partiria de Liverpool para os Estados Unidos. Ele, Sissy e Louisa se despediram de Tom em lágrimas.

Tom, no entanto, não ficou triste quando se despediu de sua família. Ele não derramou uma só lágrima. Apenas quando chegou aos Estados Unidos e entendeu que nunca mais os veria, ele finalmente começou a sentir falta deles.

Assim que se despediram de Tom, o sr. Gradgrind perguntou ao sr. Sleary se ele tinha alguma notícia do pai de Sissy.

— Ah, céus — disse o sr. Sleary. — Vocês não ficaram sabendo? O Merrylegs voltou sozinho. Aquele cachorro nunca teria abandonado seu dono, não enquanto ele estivesse vivo. Receio que o velho Jupe esteja morto.

O sr. Gradgrind desviou o olhar. Seus olhos ardiam em lágrimas, mas ele não disse nada. Seu coração estava cheio.

~

O tempo prosseguiu, assim como a família Gradgrind.

O sr. Gradgrind não vivia mais de fatos e números. Sissy se casou e teve filhos. Embora nunca parasse de sentir falta do pai, as lembranças dele agora a faziam sorrir em vez de chorar.

Louisa não se casou novamente depois do sr. Bounderby. Em vez disso, ela se dedicou aos filhos de Sissy, tornando-se uma segunda mãe para eles. E para Sissy ela era, e sempre seria, uma irmã.

Charles Dickens

Charles Dickens nasceu na cidade de Portsmouth (Inglaterra), em 1812. Como muitos de seus personagens, sua família era pobre e ele teve uma infância difícil. Já adulto, tornou-se conhecido em todo o mundo por seus livros. Ele é lembrado como um dos escritores mais importantes de sua época.